그래, 네 생각만 할게

그래, 네 생각만 할게

나태주 신작 시집

SIGONGSA

내가 너를 생각하는 마음 하나와

네가 나를 생각하는 마음 하나가

땅 위를 헤매다가 하늘에서 만나면

별이 되지 않을까

당분간

2024년은 내가 집 나이(배안엣나이)로 80이 되는 해입니다. '어쩌다 80'이란 말이 있기도 하지만 어쩔 수 없이 그렇게 되었습니다. 미안스럽고 감사한 일이고 놀랍고 당황스러운 일입니다.

그런데 또 한 권 시집을 보탭니다. 숫자를 세기도 민망한 시집입니다. 그냥 시집 한 권이라고 생각해주십시오. 이쯤 되었으면 철이 들 만도 한데 나는 아직도 철부지 아이를 면하지 못하고 삽니다.

여전히 좋은 사람을 보면 가슴이 뛰고, 가끔은 보고 싶고, 무어라 할 것도 없이 사소한 일을 하소연하고 싶고 그렇습니다. 바로 이러한 사소함과 철없음이 아직도 나를 시의 길로 이끕니다. 벗을 수 없는 멍에거니 참을 수밖에 없는 일입니다.

우선은 젊고 어린 벗들과 이 글들을 나누고 싶습

니다. 얼마나 우리의 젊고 어린 벗들이 시를 좋아하고 그리워하는지 몰라요. 다음은 '내 좋은 사람들'과 나누고 싶습니다. 그렇습니다. '내 좋은 사람들'입니다.

그들이 순간순간 나를 살리고 숨 쉬게 해줍니다. 흐린 하늘을 우러러 맑고 푸른 하늘을 그리워하게 하고, 눈을 감고도 넓고 멀리 터진 길을 보게 합니다. 이 또한 얼마나 고마운 축복인지요.

당분간입니다, 당분간. 당분간 그곳에서 잘 견디고 잘 살고 잘 기다리기 바랍니다. 나도 당분간 밥도 잘 먹고 물도 잘 마시고 잠도 잘 자려고 애쓰며 잘 견디겠습니다. 이렇게, 이렇게, 우리들 지구 여행이 저물어갑니다.

때때로 생각해주십시오. 그런 부탁도 이제는 드리지 않으렵니다. 이제는 그대가 나이고 내가 그대임을 나도 모르지 않고 그대 또한 모르지 않기 때문입니다. 순간순간 그대와 내가 만나고 헤어지고 다시 만나는 그곳쯤에 빛나기 시작하는 별 하나를 우리가 볼 것입니다.

2024년 4월
나태주 씁니다.

차례

6부 ────── ✳

나도
꽃을 피웠어요!

1부

그대에게 별은 있는가

✻

가슴에 별을 간직한 사람의 삶과 그렇지 않은
사람의 삶은 무언가 달라도 많이 다르다. 우선
은 오늘을 참고 인내하면서 내일을 향해 까치
발을 디딜 것이다. 기다리는 데까지는 충분히
기다릴 것이다. 마음의 축을 오늘보다는 내일
에 둘 것이다. 다시금 인도의 성자 간디의 말
씀으로 도움을 청한다. "내일 죽을 사람처럼
살고 영원히 죽지 않을 사람처럼 배우라."

그대라는 버팀목

세상의 모든 어둠이 밝음이 되고
세상의 모든 우울이 명랑이 되고
세상의 모든 미움이 사랑이 되고
세상의 모든 슬픔이 기쁨이 된다면
얼마나 좋을까

그렇지만 그런 일은 절대로
일어날 까닭이 없기에
내게는 그대 한 사람 있어야 해요

세상의 모든 어둠과
세상의 모든 우울과
세상의 모든 미움과
세상의 모든 슬픔과 맞서서
내가 넘어지지 않으려면
버팀목이 있어야 해요
바로 그대가 나의 버팀목이 되어야 해요

하나님도 잠시는

허락해줄 것으로 믿어요.

너라는 별

불도 없고
안내판도 없는 깜깜한 나의 하늘
어느 날 느닷없이 너는 내게로 와서
나의 별이 되었다
나는 이제 깜깜한 밤하늘도
무섭지 않고
안내판 없는 인생도
두렵지 않다
너만 바라보며
앞으로 나아가기만 하면
되는 일이니까
앞으로 가자
내일을 믿는다
내게는 네가 있으니까
너라는 별이 있으니까
나에게는 네가 소망이고
아직 살지 않은 내일이란다.

별을 보며 생각한다

내가 너를 생각하는
마음 하나와
네가 나를 생각하는
마음 하나가

땅 위를 헤매다가
하늘에서 만나면
별이 되지 않을까!
별을 보며 생각한다.

천국에서 만난 사람들처럼

안녕!
아침에 일어나 안녕!
아내와 나는 비록
천사가 아니고
우리가 사는 세상이
천국이 아닐지라도

안녕! 안녕!
천국에서 다시 만난
사람들처럼
안녕!
안녕!

저녁에 잘 때도 안녕!
안녕!
우리 천국에서 만나요
그렇게 인사를 한다.

옆 사람

하늘길 가던 별 하나
길을 잃고
내 옆으로 왔나 보다

그렇지 않고서는
어찌 네게서
하늘 냄새가 날까

사막에 피어난 꽃송이
바람 따라
내게로 왔나 보다

그렇지 않고서는
어찌 네게서
마른 모래 냄새가 날까

목이 마르다
졸음이 오려고 한다
어깨를 좀 빌려다오
기대어보자.

꿈이라 해도 좋다

_신년시

하늘에서 내린 빗방울 하나하나 모여서
시내가 되고 개울이 되고 강물이 되고
드디어 바다에 이른다
모든 물들의 어미, 바다가 된다

꿈이라 해도 좋고
허구라 미사여구라 그래도 좋다
우리 비록 하늘에서 내리는 빗방울
하나하나 아니지만 말이다
우리 마음만이라도 하나하나 빗방울같이
맑고 투명하고 착해지기만 한다면

우리 마음이, 우리 사는 세상이
시내가 되고 개울이 되고
강물이 되지 않을 까닭이 없다
그리하여 두둥실 모든 물들의 바다
마음 또한 어미인 바다가
아니 될 까닭이 없는 일이다

되풀이하는 말이지만 날마다 오는 날들은
그저 그런 낡은 날들이 아니고
내 생애 가운데 살아야 할 모든 날들 가운데
오직 첫날이고 새날이라는 사실!
그러한 새날과 첫날에 나도 또한
새롭게 태어나는 첫 사람이고 새사람이라는 사실!

비록 미사여구라 허구라 해도 좋다
꿈처럼 소스라쳐 기적처럼 찾아오는 새해 새 아침
단잠에서 깨어나 기지개를 켜는 애기와 같이
당신은 새사람이고 첫 사람
나도 또한 새사람이고 첫 사람

그 새사람과 첫 사람으로
하나하나 빗방울 되고 시내가 되고
개울이 되고 강물이 되어 드디어 훠이훠이 큰 숨을
쉬며
고개를 넘고 넘어서 바다에 이르러보는 거다
바다 같은 세상을 만나보는 거다

그렇게 되지 않을 까닭이 없다

차라리 우리가 스스로 바다가 되어보는 거다.

숨 쉬게 하는 힘

내가 기쁜 일만 있어서
명랑해 보이는 건 아니야
내가 좋기만 해서
좋게 보이는 건 아니야

실은 나도 마음이
지옥일 때 있단다
수세미같이 엉켜서
풀리지 않을 때 많단다

그렇지만 말이야
일단은 명랑해보고
좋은 척 해보는 것이지
그러면 조금씩 나아지기도 해

바로 그거야
그게 또 하루하루
순간순간 살아서 숨 쉬게 하는
힘이 되는 까닭이야.

25

그 자리*

좋다 참 좋다
그 자리
다시 와서 보니
여전히 좋다
그 자리
좋다 더 좋다
그 자리에서 만난 사람
오늘 더 좋다.

* 국립정신건강센터 이영문 원장 방에서.

젊고도 고우신*

우리는 세상에서 무슨 일을
하므로 존재 가치가
있는 것이 아니라
존재 그 자체로서
가치가 있는 것이다
그 말씀 받아먹고
흐린 하늘이 꽃이
다시 붉어지고
숨 가쁜 바람 속 풀잎이
다시 푸르러집니다
아닙니다
하늘도 다시
맑은 하늘로 고쳐지고
바람도 다시
순한 바람으로 돌아옵니다.

* 선명 스님의 문자 받고.

나태주가 나태주에게

우주 공간에 아름다운 별
생명의 별 지구
그 가운데서도 단군 임금의 나라
한국에 태어난 두 사람
이름이 같은 나태주
비록 서로 다르게 태어나
다른 일 하면서 살지만
이름이 같은 나태주
시태주, 시 쓰는 늙은 나태주가
갓태주, 노래하는 젊은 가수 나태주에게 말한다
그대는 하늘의 별
별 가운데서도 착하고도 예쁜 별
세상에 잘 오셨네
기왕에 찾아온 세상
우리, 잘 살다 가세나
선한 일 많이 하고
좋은 일 많이 하고
더 많이 사랑하며 살다 가세나
내가 먼저 왔으니 언젠가는

나 먼저 지구 떠나는 날 있겠지
나중에 찾아온 그대라도 오래 남아
지구를 잘 지켜주고
대한민국을 더욱 사랑해주고
사람 세상에 별이 되고 꽃이 되기 바라네
살다가 가끔은 나도 좀 기억해주시게.

아들에게 1

아들아

바닷가에 나가

파도가 왜 이리 거세냐고 화를 내거나

파도를 나무랄 일은 아니다

오히려 네가 그 시간 그 장소에

온 것에 대해서 뉘우치고

화를 내려면 너 자신에게 그래야 한다

바람이 거세게 옷자락을 잡고 흔드는 것도

모래바람이 귓불을 후리는 것도

마찬가지다

문제의 해결은 언제나 어디까지나

네 안에 있음을 부디 잊지 말아라

그래야 길이 열린다

길은 밖에서 열리는 길보다

안에서부터 열리는 길이

보다 좋은 길이고 정말로의

길임을 부디 잊지 말아라

땅에 넘어진 자 땅을 짚고 일어나라!

기독교 신자라지만 부처님 그 말씀 하나 믿고

나도 젊은 시절 어려운 날들
고비를 잘 건너지 않았겠느냐.

철원 가서

가을 햇빛은
진노랑 빛

일찍 베 벤 논에
쟁그랑 쟁그랑 쌓이고
내 마음까지 울려서

멀리 있는 사람 하나
문득 보고 싶어지게 하고

도피안사, 도피안사
가본 일이 없는 절 이름 하나
외우게 한다.

마음이 지옥일 때

누구에게나 마음이
지옥일 때 있지요
지옥에 붙잡혀 옴짝할 수 없을
때 있지요
그럴 땐 지옥을 견디며
살아선 안 돼요
화들짝 지옥을 박차고
밖으로 뛰어 나와야 해요
당신과 내가 만나
불렀던 노래들을 생각해줘요
9월의 바람에 날리던
풍금 소리를 떠올려줘요
그러면 마음의 지옥이
조금씩 줄어들 거예요
그건 나한테도 그럴 거예요.

18세 나태주에게 *

막막하지?
앞길이 안 보이지?
다른 아이들이 훨씬
잘나 보이지?
그래도 한 발자국씩
발걸음을 앞으로 옮겨봐
서툴고 비틀거리는 발걸음
때로는 부끄럽기조차 한
너의 발걸음 하나하나가
너의 길이 되어줄 거야.

* 고양외고 2학년 신지혜 양의 질문에 답함.

하얀 날개

*

둘이 걷던 길을
혼자서 걷고

둘이 보던 풍경을
혼자서 보고

둘이서 앉았던 벤치에
혼자서 앉고

아하, 그 외로움
견뎌낼 수 있을 건가!

사랑아 너 어디만큼
떠나가

이쪽을 바라보며
울먹이고 있는 것이냐!

내 사랑 로즈마리

로즈마리 로즈마리
내 사랑 로즈마리

그대는 맑은 하늘 흰 구름
그대는 숲길의 산들바람
그대는 고요한 마을 시냇물

나 그대를 사랑하여
공짜로 두둥실
맑은 하늘 흰 구름 되고

나 그대를 사랑하여
공짜로 시원한
숲길의 산들바람 되고

나 그대를 사랑하여
공짜로 졸졸졸
작은 마을 시냇물 되네

로즈마리 로즈마리
내 사랑 로즈마리.

애인

언제까지 우리가 그럴까?

네 생각만 해도 가슴이 콩닥콩닥
네가 나오기를 기다리며
서 있는 대문 앞
다만 나는 구겨진 휴지이거나
깨어진 벽돌 조각

오직 네 앞에서만 나는
소년을 회복한다.

별똥별

모처럼 시골에 내려가
밤길을 걸으며 바라본 하늘

별똥별 하나
촛불을 밝히듯
화르르 하늘을 밝히며
떨어진다

가볍다
시원하다
깨끗하다

나도 별똥별처럼
가벼워질 수는 없을까?
시원해지고
깨끗해질 수는 없을까?

나는 지금 내가
너무 무겁다.

2부

한 시절 시련을 이겨내고

＊

눈물이야말로 가장 솔직 담백하고 고귀한 인
간의 감정표현 방법이다. 마침내 인간이 인간
일 수 있는 가치이며 그 소이연이다. 울고 싶
은 일이 있으면 참지 말고 울어라. 눈물 또한
흘려라. 겨울을 견뎌내고 마침내 봄꽃을 피우
듯이. 나보다는 타인을 배려하면서. 작은 것들
을 아끼며. 생명의 소중함을 가슴에 새기며.

마스크 쓰고*

그렇게 바라보지 말아라
그렇게 예쁜 이마
그렇게 맑은 눈으로
이쪽을 바라보지 말아라
세상은 그렇게
예쁜 것도 아니고
세상은 또 그렇게
맑은 것만도 아니란다
너의 맑은 이마
고운 눈썹
깨끗한 눈빛이
나를 자꾸만 두렵게
슬프게 만든다.

* KBS 김선우 피디의 중학생 딸 사진을 보고.

내 사랑 앞에

사람은 날마다 낡아가고
날마다 흐려지지만
꽃이나 풀들은 날마다
새로워지고
봄이면
새롭게 태어나기도 한다
너의 마음도 그건 그러냐?

내 사랑 앞에.

병원 다녀온 아내

여보, 오늘 고생했구려
그만하니 다행
그만하니 안심
두려움 내려놓고

오늘 밤
잠이라도 편히 잡시다
내일 아침 다시
웃으며 만나기를 바라요.

거, 참

태풍이 온다는 날
몸져 앓아누웠다가

태풍이 지나간 날
자리를 털고 일어났다

이제는 내 몸이 지구인가
한반도의 땅덩인가

거, 참
알다가도 모를 일이다.

동행

아내가 아프면 내가
죽을 만큼 아픈 것이 아니고
아내의 검진 결과가 나를
죽을 만큼 겁나게 하는 건 아니다
어디까지나 내가 아픈 것이
나를 죽을 만큼 아프게 하고
나의 검진 결과가 나를 또
죽을 만큼 겁나게 만든다

그건 아내에게도 그럴 것이다.

예쁜 발

볼 때마다 예쁜 발
볼 때마다 기분이 좋아
저 발이나 내려다보면서
한 세상 또 허송해도
좋겠다.

물컹

비가 자주 내리고
날씨까지 흐려
물컹한 세상
물컹한 들판
나무며 풀이며 곡식들
물컹하게 흘러가는 개울물
그 안에 또 나무 섬
나쁘지 않다
내 마음도 물컹
차창 가득 흐려진 풍경
원경이 아닌 근경
그 또한 나쁘지 않다.

샤히라 간다

새 한 마리
새 한 마리 간다
고달픈 하늘길 열어
구름 속으로 가고
구름 밖으로 가고
오직 외롭게
새 한 마리 간다
머나먼 곳
알제리 아프리카
머나먼 땅
그 땅은 너의 나라
잘 가거라
갈 길이 멀다
먼 길 조심해서 가거라
새 한 마리
지치지 말고
네 둥지 찾아
잘 가거라.

첨 본 아이

작은 문장 한 구절에도
문득 눈물 글썽이는 아이야
네 눈물 많음
여린 마음으로 어찌
거친 세상 물굽이를
넘어갈까

하지만 아이야
네 눈물 많음과 여린 마음이
끝내 거친 세상 파도를
이기는 마음이고
보이지 않는 힘이란 걸
언젠가는 알 때가 있을 것이다

눈물은 슬퍼서 괴로워서만
흘리는 것이 아니라
기뻐서 감동을 받아서도
흘리는 마음의 보석이란 걸
너는 충분히 알 거다

오늘 첨 만난 아이야
너의 눈물 많음
여린 마음을 사랑한단다
저녁에 집 찾아 잘
돌아가기 바란다.

애기 동백

_제주 카멜리아 힐

오소소 추워서
발그레 붉어진 볼
드러난 팔 새하얀 다리

언제부터 너는
그 자리 그렇게
발 동동거리며
나를 기다렸던 것이냐!

까치발 딛고
기다리다 기다리다가 끝내
땅바닥에 흩어지고만
꽃잎, 꽃잎, 꽃잎 마음

그만 눈이
쏟아진 것 같네
그것도 분홍빛 싸락눈
나도 주저앉아 울고만 싶었네.

너 이제 어쩔래

옷을 사이에 두고
물컹
더구나 두터운
겨울옷을 사이에 두고
물컹

네가 바다를 부둥켜안고 있었구나
네가 산을 껴안고 있었구나

그 바다 그 산을 내가
한꺼번에 받아 안는다
거꾸로 받아 안는다
너 이제 어쩔래.

네길 거리

우네 우네 사랑 잃고 우네
네길 거리 어둑한 가로등 아래
쿨룩쿨룩 기침하며 스치는 바람
우네 우네 사랑 보내고 우네

바람아 바람아 나 좀 데려가다오
밝은 등불 빛 아래 따스한 자리
한 모금 향기론 차가 있는 곳
시린 손 비비며 나는 혼자 서 있네.

해운대비치

이리 온 이리 온
웃으며 다가온 아이
잘 가요 잘 가요
손 흔들며 뒷걸음질로
멀어져가네

잊지 못할 일 거기 있고
잊지 못할 사람
거기 있었더냐?
만남이 꿈이었으니
헤어짐도 꿈이었겠지

작은 슬픔에도
가슴이 부서져서
바다, 파도가 되네.

아직은 살아 있다는 것

우리는 아직 살아 있다
아직은 같이할 수 있는 시간이
많이 남아 있다
보고 싶으면 전화 걸어
말을 나눌 수 있고
이메일을 주고받을 수도 있고
만나서 얼굴도 볼 수 있고
웃으며 이야기할 수도 있다
큰맘 먹고 함께
외딴섬 찾아 여행 가서
바다 냄새도 맡을 수 있고
저녁 해, 지는 노을도 볼 수 있다
이 얼마나 좋으냐
다행스러운 일이냐
아직은 우리가 살아 있다는 것
아직은 서로가 기억하고
서로 사랑하기도 한다는 것
하늘이 갑자기 높아지고 둥글어지면서
눈물이 조금 번지려고 그런다.

가볍게

어쩌다 우연히 만나는 사이
그냥 알고 지내는 사이
너무도 진지하게 인사한다
그동안 어떻게 지냈느냐고
별일 없냐고
거기까지는 그렇다 쳐도
건강했느냐고 건강해야만 한다고
정색하고 묻는 데는
아연실색(啞然失色)이다
그래서 어쩌란 말인가!
더구나 우리 집사람까지 건강하냐고
묻고 들어오는 데는
더욱 난감, 이다
정말로 어쩌란 말인가!
피차 나이 든 사람이고
늘 몸이 성치 못한 사람이고
집사람 또한 늙고 병든 사람이라는 걸
알면서도 굳이 그렇게
진지하게 깊숙이 묻는 저의를 모르겠다

이 세상 아프지 않은 사람
몸이든 마음이든 아프지 않은 사람
누가 있을까?
피차가 아프고 병들고 힘든 사람들
서로 지긋이 바라보면서
마음으로만 안쓰럽게 생각하면서
살 수는 없을까?
이제 조금은 가볍게, 적당히 무심하게
스치며 살 필요가 있다
언제 서로 헤어져도 힘들지 않게
마음 아프지 않게
마음에 찌꺼기가 남지 않도록
가볍게 가볍게 살 필요가 있다
친구여, 모처럼 우연히 만나는 사이
너무도 깊숙이 정색하고 진지하게
묻지 말아다오
너무 정성껏 걱정스레 바라보지 말아다오
정말로 그것은 거북스러운 일
더구나 너무 오래 손을 잡고 있는

악수는 부담스럽다

이제 우리는 가볍게 바람처럼

가볍게 스치며 살다 갈 필요가 있다.

울면서 말한다

도마뱀은 사람한테 잡히면
제 꼬리를 자르고
도망친다
방아깨비도 사람한테 잡히면
다리 하나 떼어주고
달아난다
아들아, 네 지난날을 자르고
앞으로 나아가거라
앞만 보고 가기에도
인생은 너무도 빠르고
살아야 할 일들은
산같이 큰 것이란다.

병원간날

더도말고
이집에서
당신이랑
십년만더
살고싶어
눈물글썽
다리휘청.

거기 나무가 있었다

누군가 나무 한 그루 심었다
사람들 많이 오가지도 않는
삼거리 길모퉁이
봄 여름 가을 겨울
나무는 1년에 네 번씩 몸을 바꾸며
몸통을 키우고 줄기를 높이고 잔가지를 늘렸다
수없이 많은 잎사귀가 달리고
수없이 많은 꽃과 열매가 열리고
지나가는 바람이 잠시 쉬었다 가고
흰 구름이 앉았다 가곤 했다
새들도 또 얼마나 자주 드나들었을까?
바람의 정거장
흰 구름의 놀이터
새들의 하숙집
뿐이랴, 나무 밑 그늘에 얼마나 많은 행인들
다리 쉬면서 숨을 돌리다 갔을까?
나무는 이제 모든 걸 기억한다
하지만 나무는 아무것도 잡아두려 하지 않고
아무것도 기억하려 하지 않는다

다만 나무는 1년에 네 번씩

여전히 새롭게 몸을 바꾸며

때가 되면 헐벗은 몸으로 하늘을 받들기도 하고

기도하는 자세로 제 자리를 지킬 뿐이다

가끔씩 생각난다는 듯 몸을 흔들어

바람의 통과의례를 받아들이면서 말이다.

뒷모습을 지키는 사람
_김희숙 시인에게

어두운 밤길 갈 때
험한 인생길 갈 때
너의 뒷모습을 지켜주는 사람
한 사람이라도 있는가

그런 사람 한 사람이라도
네게 있다면
너는 성공한 사람
아직은 성공하지 못했다 해도
언젠가는 성공이
약속된 사람

왜 아니겠나
우선 먼저 어머니 아버지
형제며 친구며 이웃
우리 서로 뒷모습을 지켜주는
사람이 되자

나는 너의 뒷모습을 지키고

너는 나의 뒷모습을 지켜서
우리 서로 성공하는 사람이 되고
가슴 따뜻한 사람
결코 외롭지 않은 사람들 되자.

3부

뒷모습을 사랑하자

＊

세상 모든 것에는 뒷모습이 있다. 살아 있는
생명에만 있는 게 아니라 바위나 산이나 강물
에도 뒷모습은 있다. 뒷모습은 선하다. 뒷모습
은 꾸밈없고 속임수도 없다. 앞모습이 날카롭
고 대결적이라면 뒷모습은 허용적이다. 딱딱
하지 않고 부드럽고 따스하다. 당신의 뒷모습
을 아끼십시오. 아닙니다. 다른 사람들의 뒷모
습을 사랑하십시오.

가을 창변

버려진 마음
버려진 햇빛
잠시
맑은 유리 창가에
조는 시간

시들다 만 사르비아
꽃대궁 어름
꿀 빨러 왔다가
허탕 치고 가는 말벌들
허허벌판 평화롭다

왜 평화로운 것들은
버려진 것 같을까?
졸음이 오려고 한다
하나님이 가까이 와서
이마를 쓰다듬어주신다

수고했다

깜냥껏 올해도 애썼구나
하늘이 모처럼 비었다
옥빛 너머 누군가
웃는 얼굴이 어린다.

그대의 단잠

그러자 그래
고달픈 하루
고마운 저녁
그리고 어둠
더더욱 단잠.

아침 출근길

모퉁이, 모퉁이 길에 집이 있었다
아이들 먹는 과자나 아이스크림
장난감도 파는 집이 있었다
더하여 어른들 좋아하는 술이나
담배도 팔고 술안주도 팔던 집이 있었다
그 가게 앞 내어다 놓은 들마루
평상에 앉아 어른들 길게 길게
잡담하며 술을 마시고
아이들도 하학길에 한 모서리 차지하고
조로록 앉아 과자나 아이스크림을 먹기도 했다
그러나 그 모퉁이, 모퉁이 길에
그 집은 이미 없다
다만 오늘 아침 출근길
그 가겟집 늙은 아낙을 만났다
남편 먼저 저세상으로 보내고
혼자서 곱게 늙어가는 아낙네
초여름 입성이 정갈하고 해사해서 좋았다
시장에라도 일찍 다녀오는지 두 손에
비닐봉지가 여럿 들려 있었다.

그 자리에

좋았던 마음도
그 자리에 두고
힘들었던 마음도
그 자리에 두고
조금씩 몸과 마음이
가벼워져서 좋다
가을 되어 나뭇잎이
나무에서 내려오듯이
줄에 앉은 새가 하늘을
버리면서 날아오르듯이
더구나 그 자리
네가 있던 그 자리
너를 두고 올 수 있어서
더욱 좋았다
네가 좋아하는 풍경 속에
네가 좋아하는 사람들 함께
너를 두고 올 수 있어서 좋았다.

가을 축제*

하루는 맑은 날
너를 만나서 좋았고

하루는 흐린 날
너와 헤어져 이렇게

울먹이고만 있으니
이를 어쩌면 좋단 말이냐

저만치 구절초 두어 송이
새하얀 얼굴로

괜찮아 그래도 괜찮아요
웃음 짓는데.

* 제5회 풀꽃문학 축제.

모교 앞 거리

이 거리를 안다
이 거리에서 만난 사람들을
나는 안다

가슴 설레게 했던 사람
더러는 미워하기도 했던 사람
더 잘해줬으면 싶어서
아쉽고도 미안한 사람
지금도 보고 싶어 목이 메는 사람
그 모든 사람을 나는 안다

하지만 모른다
손잡고 지나는 사람들을 모르고
왁자지껄 떠들며 웃는 사람들을 모르고
고즈넉이 서서 이야기하는 사람들을 모르고
모르고, 모르고, 또 모른다

이 거리에서 다만 나는
혼자서 흘러가는 사람

아무도 알은체해주지 않는 사람
투명 그대로인 사람
어딘가로 튕겨 나갈 것만 같은 사람
다만 낯선 사람일 뿐

이 거리는 내가 40년도 넘게
자전거를 타고 지나다니던 거리
앞으로도 당분간은 여러 해
지나다닐 거리인데도 말이다.

남 생각 좀 하면서 살자

누가 봐도 죽어가는 사람이었다
가족들이 알았고 가까운 사람들이 알았고
병원 사람들도 그렇게 알고 있었다
나 혼자만 죽기 싫었고 하나님 혼자만
내가 혼자 죽도록 그냥 내버려두지 않고 있었다
간당간당 아등바등 숨만 겨우 붙어 있을 때
많은 지인들이 병원으로 찾아왔다
마지막 만남, 임종이라도 보자 그랬을 것이다
그런 가운데 절친 화가 한 사람 있었다
동갑내기, 말이 잘 통하고 의기투합했던 친구다
하지만 그는 올 때마다 지나치게 화사한 옷을 입고
있었고
지나치게 명랑하고 밝은 얼굴로 와서 많은 말들을
놓고 갔다
더러는 술 한 잔 걸치고 오기도 했다
뿐인가, 다른 이들 돈 봉투 들고 오는데 그만 화분을
들고 왔다
화분 가운데서도 난초 화분
죽어가는 사람한테 무슨 난초 화분?

돈 가지고 와, 돈!

만 원이라도 좋으니 돈을 가지고 와야지

그래야 환자 침대를 지키며 지레 죽어가는

우리 집사람 국밥 한 그릇이라도 사 먹을 게 아닌가!

야속하고 야속하다는 생각이었다

그 화분을 그가 어떻게 가져온지를 나는 안다

전시회 때 왕창 들어온 화분

꽃집에 헐값으로 맡겼다가 도로 하나 찾아온 것을
내가 안다

나도 더러 전시회 때면 그렇게 했기 때문이다

두고 보자 내가 다시 살아서 병원에서 나가기만 해봐라

화가 나서 나는 화가 친구와 절교하기로 했다

사람이 그러면 못쓴다

나도 그렇고 화가 친구도 그렇고, 그러면 못쓴다

죽을 때 죽더라도 남 생각 좀 하면서 살자.

마음의 해방

한 사람의 마음을 얻지 못해
가슴이 아프고
한 사람의 사랑을 받지 못해
무릎 꿇고 싶을 때 있다
그렇더라도 마음아 끝까지는
마음 아프지 말고
아주는 무릎 꿇지는 말아라
차라리 네가
다른 마음을 알아주고
다른 마음을 안아주면 어떨까!
그쯤에 어쩌면 그대의
해방이 있을지도 모른다.

여름 여자

우선, 챙이 넓은 모자를
삐딱하게 썼다
그리운 일도 없이 반쯤
고개를 들고 먼 하늘을 본다
하늘에 흰 구름이라도 몇
떠 있었음 좋겠지
연한 물빛 땡땡이무늬
원피스 자락이 의미도 없이
바람에 나부낀다
때로는 의미 없음이
의미가 되는 날이 있다.

헤헤헤

길거리에서 모처럼
만나는 사람
그래도 웃으며 인사하고
언제나 좋은 느낌
기억이던 사람
어느 날부턴가 길거리에서
만날 수 없어 궁금하고
걱정이었는데
글쎄 그동안 암이란 몹쓸
친구한테 붙잡혀
고생고생한다는 소식 듣고
잠시 마음이 아뜩한 먹구름
그런데 또 한참 지난 뒤
몸이 좋아져 병원 의사 선생한테
반가운 소식 들었다고
헤헤헤 헤실거리며 웃는 모습
나도 헤헤헤 좋아라
이제부턴 어둑하던
길거리가 환해지겠네

이제부터 당신 인생의
품질이 달라질 거예요
문자 메시지에 적기도 했네.

이리로 오세요

이리로 오세요
근심이며 걱정이며 우울
모두 다 내려놓고
세상의 일 그만큼 세워놓고
이리로 오세요

오셔서 당신도
나무가 되고 풀이 되고
새소리 되고 물소리 되고
드디어 휠휠 바람이 되고
빈 하늘이 되기도 하셔요

진정한 휴식은 오직
자연만이 베푸는 것
진정한 치유와 위로와 회복은
오직 자연 속에서만 가능한 것
당신도 스스로 그런 사람
자연이 되시기 바라요

이리로 오셔요
여기 오시면 모든 사람들
마음이 넓어져 이웃이 되고
친구가 되고 드디어
마음을 알아주는 연인이 되기도
할 거예요

그런 다음 당신
다시 어지러운 세상으로
돌아가도 좋아요
세상의 어지러움 이길 만한
힘이 분명코 생겼을 거예요.

삶의 성취

어떻게 왔느냐 묻지 말아라
어디로 왔느냐 묻지 말아라
누구랑 왔느냐 묻지 말아라

다만 내가 왔지 않느냐
네 앞에 다른 사람 아니고
내가 와 있지 않느냐

무엇을 가지고 왔느냐
궁금해하지 말아라
무엇을 줄 것인지 알고 싶어
하지 말아라

다만 너에게 나를
주러 왔지 않느냐
내 마음을 송두리째
주려 하지 않느냐

그것이면 됐지

무엇을 더 바라겠느냐
지금 내 앞엔 네가 있고
네 앞엔 내가 있음만
고마워하자
그것만이 삶의 성취
기쁨이 아니겠느냐.

먼저 잠

수고했네 자네 오늘도
일찍은 아니지만
집에 돌아가 편히 쉬게나

그대 보고 싶은 마음 달래며
나 먼저 잠의 나라로
가려 그러네

그대도 생각나거든 나의
꿈속으로 찾아오시게
내 따스한 방바닥에
비단 방석 깔아놓고
그대를 기다림세

우리 차 한 잔 우려
함께 나눔세
그러노라면 우리 사랑에서도
향내가 번지지 않을까 싶네.

버스터미널

유리문이 벌컥벌컥 열리며
건강한 다리들이 바쁘게 몰려간다
더러는 알종아리들이 지나가고
샌들 위의 발가락들이 종종거리고……

바닷가 모래밭
썰물과 밀물이 교차하는 것
마찬가지다

지금은 잠시 소강상태.

새끼발가락

조로록 언니들한테 밀려
몸집도 키도 작아진 막내

에그그 안쓰러워라
그래도 자신만만
모로 몸을 눕히며

배시시 웃음 짓는 꼬맹이
우리 꼬맹이.

참 좋은 말

더 어렵게 말할 것 없다
망설일 것도 없고
더듬거릴 일도 아니다

9월에는 서로가 서로를
용서하자
원망과 상처는 둘이 만들지만
용서는 혼자서 해야 한다는 말
참 좋은 말이다

9월은 용서의 계절
어렵겠지만 나도
누군가를 용서하고 싶고
민망한 일이지만 나도
누군가로부터
어렵게 용서받고 싶다.

가을 유리창

이왕에 늦은 거
강물이나 좀 더
보다가 가야지

해거름에 찰방찰방
소리 내어 흐르는 강물

어차피 저문 날
마주 앉아 이야기나
좀 더 하다 가야지

보일 듯 말 듯 그대
볼 위에 희미한 미소.

억지로 웃으며

사진을 찍을 때마다
너의 요구는
시인님, 웃어주세요
그래서 잘 웃지 않는
내가 웃는다
억지로 웃으며 생각한다
아, 사진을 찍을 때마다
웃어야 하는 거구나
아니야 시인은
억지로라도
웃어야 하는 거구나
그래서 정말로 나는
잘 웃는 사람이 된다
이게 모두 너의 요구사항
너의 부탁을 내가
거절하지 않은 결과란다.

끔찍한 일

광인과 걸인과
우울증 환자, 아니면
조울증 환자
더하여 공황장애자
그 부근 마을에
그들의 형제가 되어
친구가 되어
사는 사람이 때로는 시인
나 같은 사람이다
내가 시를 쓰지 않고
늙은 사람이 되었다면
어찌 되었을까?
생각만 해도 끔찍한 일이다.

이메일 답장

신간 시집 받고
보내준 이메일
이메일 글자, 글자들 너머
하얗게 웃고 있는
너의 얼굴

언제일지는 모르지만
언제든 다시 만나
스스럼없는 이야기
서로 나누며
하얀 이를 드러내놓고
웃어보고 싶다

너에게 쓴
이메일 답장의 글귀.

들멍카페

내가 아는 서울의 출판사 사장 내외
좋은 책 만들어 돈 많이 벌고
더 많이 나이 든 사람 되면
김제나 만경 들판 한가운데
외딴집 하나 짓고 카페를 내는 게
소원이라 그런다

카페 이름은 들멍카페
통유리 창가에 턱을 고이고 멍하니
앉아서 들판을 바라보는 것이 좋은
카페
초록의 곡식 밭 위로 춤추며 지나가는
바람이 보기 좋고
들판을 후리며 지나가는 빗줄기가
그럴 수 없이 보기 좋은 집

이제 우리는
하늘을 보며 하늘멍
바다를 보며 바다멍

들판을 보며 들판멍
강물을 보며 강물멍을 하면서
살아도 좋을 때가 되었다.

4부

어떤 그리움은 손으로 써야 한다

＊

손으로 글씨를 쓴다는 것, 그것이 살아 있음
자체요 생명 감각의 표현인지 모른다. 마음이
어지러운 날은 손으로 글씨를 쓸 일이다. 멀리
그리운 사람이 생각날 때도 손으로 글씨를 쓸
일이다.

부르시기만 한다면

당신이 부르시면
언제든 어디서든 나
거기 있을 거예요

그곳이 비록 시골 기차역
급행열차가 서지 않는
쓸쓸한 간이역일지라도
어두운 플랫폼 낡은 나무 의자에 앉아
오래오래 당신을 기다릴 거예요

좀처럼 오지 않는 기차
완행열차를 타고 오는 당신을
오래오래 기다릴 거예요

이제는 기다림이 사랑이고
침묵이 사랑이고 또
말없이 바라보기만 하는
눈길이 사랑임을 알아요

어느 날 당신이 문득
생각 떠올리시면
나 언제 어디서든
그때 그 자리에 있을 거예요

비 개어 맑고 푸른 강물 위에
스치는 바람
강물 속에 비친 흰 구름
그곳에도 나는 가 있을 거예요

당신이
원하기만 한다면
부르시기만 한다면 말이에요.

앓을 때마다

어린 시절엔 병이 나
한 번씩 앓을 때마다
아이가 약아지고
몸이 자란다는 말이 있다

맞는 말이다
그런 말대로 앓으며
어른이 되어 나는
늙어가는 사람

이제는 아니다
한 차례씩 병을 만나
앓을 때마다
마음이 약해지고
몸이 늙어간다

오늘도 아침
세수하고 거울을 보니
어제보다 더 늙은

아버지 얼굴이 나를
보고 계시는 거였다.

산 너머

산 너머 산 너머가
늘 궁금했다
새들이 날아오고
새들이 날아가는 곳
바람이 불어오고
바람이 불어가는 곳
아 구름이 생기고
구름이 또 스러지는 곳
그 산 너머 산 너머를
모두 다, 가보지 못하고
이제는 나
나이 든 사람이 되었지만
아직도 나는 그 산 너머
산 너머가 그립다
차라리 내가 그
산 너머가 되어보면 어떨까!
목이 긴 그리움
귓불이 하얀 그리움.

손님 대접

풀꽃문학관에 좋은 손님 찾아오면
더러 손님 대접 삼아 어설픈 솜씨
풍금 반주로 노래를 불러드린다
노래라도 옛날 동요나 가곡 몇 가지
노래 부르다 보면
스스로 놀라고 깨닫는 바 없지 않다
남을 대접하는 것이
나를 대접하는 것이구나!
시작은 손님을 위해 노래 부른 건데
오히려 내 마음이 천천히 가라앉으면서
고요해지다가 평화롭기까지 해진다는 것
이 얼마나 놀라운 축복이요 은혜인가!
앞으로도 좋은 손님 오시면
귀찮다 여기지 않고
풍금 반주로 노래를 부르리라
손님을 위해서, 실은 나를 위해서.

잠시
_이관묵 시인에게

친구도
옛친구가 최고

종착역 부근입니다만
우리가 서로 모른다
하지 않고

아직도 우리에게
인간의 숨결이 남았고
느낌도 남았다는 사실!

더하여 같은
느낌이라는 것이
더없이 감사하고
가득한 날

잠시 하늘이 흐려도
마음 어둡지 않겠습니다
멀리 있어도
마음은 가깝습니다.

시의 완성

시는 간절한 마음의
간결한 표현이다

누군가 좋아하는 사람을
생각해내어 그에게
카톡이나 문자 메시지로 쓰면
저절로 간절한 마음이
간결해진다

그것이 일단은 특수화
나아가 다른 사람들까지
당신의 시를 응원해준다면
그것이 또 보편화

시의 완성이다.

그 목소리

듣기만 해도 평화다
잠시만이라도 고요다
지나친 기대나 욕심 없고
까치발 발돋움 없고
순간순간 자기를 사랑하고
주어진 그대로
모든 것들을 받아들이고
긍정하면서
하찮은 것 작은 것들조차
포기하지 않고
아끼고 품어주고 간직해주는
그 목소리가 그대로 샘물이다
맑은 샘물에서 금방 길어 올린
찬물 한 그릇이다
그 목소리로 또다시
고달픈 오늘 하루
징검다리를 건넌다
고마움 너머의 고마움
애야 나도 너를 사랑한단다.

종미에게

네가 시를 잘 받아먹으니
내가 시를 물어다 주지 않을 수 없다

너는 새끼 제비
나는 엄마 제비

나요 나요
예쁜 입을 벌리며 먹이를 조르는
너를 생각하며 나는
오늘도 시를 찾아 떠난다

나는 시의 방랑자
시의 걸인

시를 받아먹는 너를 위해서라면
내가 못할 일이 없다.

보스턴*

보스턴, 미국의 낯선 도시 보스턴
보스턴은 그냥 오래전
국제 마라톤 대회가 있던 도시였고
우리나라 선수 여럿, 마라톤 대회에서
상을 탄 일이 있는 도시라고만 알았는데
그리운 분, 좋은 분 이사 가서 사시니
문득 마음으로 가깝고 그리운 도시가 되었네
보스턴은 어떤 도시일까?
추석 지나 이틀날
한국 하고서도 공주의 하늘은 흐린데
보스턴의 하늘은 맑고 푸를 거야
흐린 하늘을 우러르며
푸르고 맑은 하늘 아래
푸르고도 맑은 분들 생각하옵네.

* 조만연, 조옥동 선생에게 편지 대신으로 드린 글.

114

맨발로

올해도 기적처럼 찾아온 시월
시월의 꼬리를 밟으며
맨발로 사뿐사뿐 찾아온 아이야

맨발이라서 죄송해요
그럴 것 없다
맨발이라서 더욱 흉허물 없고
좋은 거 아니냐

그 맨발로 장마를 이기고
가뭄을 견디고 또
진흙길 자갈길을 가지 않았느냐

다음에도 맨발로 오렴
내년에도 시월
기적처럼 시월이 오면
맨발로 기적처럼 다시 찾아오렴.

강변길

강변길
보초병들인 양
일렬종대
미루나무

미루나무 위로
한 뼘씩 높아지는
구름
종이 흰 구름

그 위에
내 마음을 띄운다
보이니?
거기서도 보이니?

너를 생각하는
내 마음
솜사탕 새하얀 마음
9월을 네 가슴에.

9월의 말씀

그동안 우리가
미워하고 싸우고
눈 흘기고 그러는 사이
올해도 가을은 와서

뒤뜰에 탱자가 익고
양철지붕 위로
따그락 딱딱
상수리나무 열매
떨어지는 소리 듣는다

평안하라 가을에는
눈빛에 선 핏발을 거두고
칼날을 내리고
가슴 깊숙이 푸른 하늘을
들이마시라

키가 큰 9월이
앞을 막아서며 성큼
말을 걸어오신다.

고적하게

가을 되어 더욱
키 커 보이는 미루나무
강변에 줄지어 선
미루나무

미루나무를 타고
하늘 오르는 바람
더욱 반짝이는 햇빛

네 마음도 여기 와
잠시 놀아라
힘든 일 잠시 여기
내려놓고

바람이 되고
햇빛이 되어 놀아라
멀리 하늘을 보고
산을 본다

산 위에는 또
고적하게 흘러가는
구름 몇 송이.

동진강을 지나며

좋은 것 예쁜 것만 보면 나는
어머니, 어머니 부르고 싶어 하는 사람
전라도라 동진강, 삼례 지나 김제
너른 들판을 보니 또다시
어머니, 어머니 불러보고 싶어진다
해 저물어가는 저 들판 너머
어둠 내려앉는 머언 들판 끝 끝 마을
새롭게 켜지는 전등불 불빛들 보며
어머니, 어머니 불러보고 싶어진다
가물가물 저 등불 빛 가운데 어느 하나
어머니, 우리 어머니 저녁상 차려놓고
나 돌아오기 기다릴 것만 같아서.

삼십대

사랑이 아프다는 말
그 말이 더욱 마음 아프다.

그때가 좋았다

그래도 그때가 좋았다

촛불이든 호롱불이든
저만치, 그렇지 저만치
거리를 두고 어둠을 사이에 두고
바느질하고 계신 어머니
일기를 쓰고 계신 아버지
그 모습이 좋았는데

그래도 그때가 그립다

그분들에게도 저만치
거리를 두고
어둠과 밝음을 사이에 두고
책을 읽고 있는 아들
그림을 그리고 있는 아들
서울서 실연당하고 돌아와
흐느껴 울던 아들

그러나 이제는 세상이
너무도 밝고 환하고
분명해져서 걱정이다
아무리 찾아봐도
마음인들 몸인들
숨길 데가 도무지 없다.

칼국숫집

겨울날 점심 끼니때 되어
헤어질 사람과 둘이
찾아들어 가 마주 앉은
오래 묵은 칼국숫집 아랫목
갑자기 안경알이 흐려져
앞사람 얼굴이 보이지 않는다
도대체 내가 우는 것이냐
안경알이 대신 우는 것이냐.

비애

세상 어딘가 분명 살아서
숨 쉬고 있을 것만 같은 사람
문득 만나자 하면 만날 것 같은 사람

그러나 세상 어디에도 없고
그가 살던 터전조차 지워지고

이러한 막막한 심정일 때
이러한 마음을 나는
무어라 불러야 하나?

지금은 낙엽이 날리는 늦은 철
가을도 아닌데 말이야.

눈빛

너의 눈을 보면
내가 강아지가 돼
강아지 가운데서도
순한 강아지가 돼

꼬리를 흔들며
종종걸음으로
기어서 기어서
앞발로 기어서

너의 눈빛 속으로
너의 마음속으로 그만
스며들기도 했었다.

한강 물 위에

한강 물 위에
오리 한 마리
저 오리 집 찾아주세요
엄마 찾아주세요
아빠도 찾아주세요

엄마 등에 업혀
전철을 타고 가던 아기가
한강 물 위에 뜬
오리 한 마리를 보면서
중얼거렸다.

어머니 따라

어머니 어머니
불러보면 저절로
가슴이 부드러워지고
따스해져서

강물이 하나
가슴 속으로 들어오고
들판이 하나
가슴 속으로 들어와요

어머니 어머니 부르며
나도 이제는 어머니 따라
들판이 되어보기도 하고
강물이 되어보기도 해요.

5부

꿈꾸는 인생의 아름다움

＊

인생의 종착점은 돈이나 권력이 아니다. 오히려 사랑이고 명예다. 지나치게 조바심하지 말자. 인생은 짧으면서도 길고 길면서도 짧다. 자기가 꿈꾸는 자신의 모습을 가슴에 품고 끝까지 가보자. 그러다 보면 인생의 끝 부분에서 자기가 바라는 또 하나의 자기가 웃으면서 맞아줄 날이 있을 것이다.

한 조각 햇빛

추운 겨울날이라도
바람 부는 날씨라도
사철나무 울타리
낮은 대나무 울타리
손바닥만큼 비친 햇빛
햇빛의 품에 들어와
참새들이 놀고 있다
아니다
햇빛에 목욕하고
바닥에 흩어진 풀씨를 쪼고 있다
아무리 추운 날씨라도
아무리 바람 부는 겨울이라도
마음에 한 조각
햇빛만 있다면 견딜 만하겠다
어찌 그것이 너를 생각하는
마음에 비기겠느냐마는.

수련

기다리고 기다리고
또 기다리다 지쳐서
기다리던 사람 얼굴
잊고 말았네

붓끝으로 그린 듯
서늘한 눈매
단정히 붉은 입술
그만 잊어버리고 말았네

길고 긴 날
물속만 들여다보며
기다리고 기다리며
한숨을 짓네.

인생

어떻게 살아도 인생은
고달프고

어떻게 늙어도 인생은
쓸쓸하고

어떻게 떠나도 인생은
섭섭한 것

좋은 일만 있으려니
꿈꿀 것이 아니다.

젊은 벗에게

노는 것처럼 공부하고
사랑하는 것처럼 일하라

그러나 잘 노는 일과
제대로 사랑하는 일은
얼마나 어려운 일인가!

차라리
공부하는 것처럼 공부하고
사랑하는 것처럼 사랑하라

조금쯤 서툴고
조금쯤 힘들겠지만 말이다.

오늘 하루

오늘도 나는 하루를 잘 살았다
하루를 나의 인생으로 편입하고
하루를 얻은 셈이다
그러하다
내가 아직 살지 않은 날은 나의 날이 아니다
오직 내가 산 날만이 나의 날이다
정말로 그렇다면
오늘 하루를 산 것은 오히려
오늘 하루를 버린 것이 아니라
오늘 하루를 얻은 것이다.

그래그래

그래
그래
그래

짧은 가을날
짧게 너를 만나
잠시 좋았는데

겨울날 외투 입고
다시 만나자니
오래 좋겠구나

누가 보거나 말거나
둘이서만 좋아서
그래그래, 그래

낯선 골목길
담 모퉁이 어디쯤
희끗희끗 날리는 눈발이 되어.

지하철역에서

서울 고속버스터미널에서 버스를 내려
지하철 교통카드 발매대 앞에 서 있는데
지갑과 핸드폰까지 잃었다며
집으로 돌아가는 차비를 좀 달라고
손 내미는 육십대쯤 되어 보이는 아낙 있었다
헙수룩한 모습에 티셔츠 차림
머리도 빗지 않은 얼굴
당장 현금이 없다고 거절하기는 했지만
아무래도 안 되겠다 싶어서
가까이 현금인출기에서
돈 몇 푼 꺼내어주면서
다시는 길 잃지 말고 지갑도 잃지 말고
집 찾아 잘 가세요
말하고 보니 그 말이
아낙에게 한 말이 아니고 오히려
나한테 한 말 같아서 잠시 가슴이 먹먹
눈물겹기도 했었다.

빈손의 축복

그대 새로운 것 좋은 것 빛나는 것
얻고 싶은가?
그대 손에 그것을 잡고 싶은가?

그렇다면, 정녕 그것이 그렇다면
그대 두 손에 쥐고 있는 것부터 놓아라
더 많이 놓고 더 깊게 놓아라

그렇지 않고서는 그대가 원하는 것
아무것도 얻지 못할 것이다
그것이 빈손의 축복
빈손의 풍요다.

제주도 상공

서럽고도 아름다운 땅
어디까지나 사랑스런 막냇누이
하나밖에 없는 고명딸
눈에 넣어도 아프지 않을 것 같은
고혹, 그대로인데
너무 크고도 벅차서
차마 안아드릴 수조차 없는
어머니 어머니 또 하나
신령스런 한라산을
머리에 받들고 계신 어머니
조국의 어머니여.

제주공항

마음 울적할 때
어딘가 멀리
떠나고 싶을 때
마음이 그냥 지옥일 때
제주도라도 없었으면
어쩔 뻔했나

국토의 누이여
물 건너 땅 막내 형제여
남쪽 바다를 품에 안고
어제도 오늘도 또 내일도
그 자리 꿋꿋하게
잘 계시니 고마워라

태풍 몰아쳐 바람 드센 날
몰려와 눈이 내려 하늘땅
모두 덮는 날에도
내 그대 가슴에 안고
평안하시라 어여쁘시라
기도하고 빌었더니라.

짐작이지만

감사할 일이 도통 없는 그 사람
감사의 항목을 50개도 찾고
100개도 찾았다는 그 사람
억지로라도 감사의 항목을
찾아내어 자신에게 알려주지 않으면
죽을 것만 같아서
순간순간 살아남기 위해
마음의 지옥 어둠을 지우기 위해
그렇게 많은 감사의 항목들을 찾아내어
그렇지, 그렇지, 그럴 거야
자신에게 먼저 보여주었을 거야.

황금의 하트
_무령 임금님 귀걸이

더러는 죽어서도
죽지 않는 목숨이여

내게 평안 있으니
그대들 또한 평안하라

황금의 하트
하늘빛 곡옥(曲玉)의 음성

다만 눈이 부셔
두 눈을 감을 뿐이네.

선사의 황금빛

_왕비님 귀걸이

어여쁘기도 하셔라

찰방찰방 호숫물
맨발로 밟고
이리로 오시는 이

뉘시오니까?

내〔我〕니라, 어미
어미가 다시 왔니라
선사(先史)의 황금빛 주먹도끼

그리운 마음 하나로
주렁주렁 식솔(食率)들 더불어
오늘에도 내가 여기 있노라.

빅뱅

_이어령 선생 임종

하늘 한복판
산산이 부서진 별

글로 부서지고
마음으로 부서지고
영혼으로 부서져

수 없이 많은 별들이
새로 생겼다.

작별 인사*

시의 부나비가 되십시오
(그러면 타 죽는데요!)
하늘 높이 독수리 되어
(집게손가락을 땅으로 향하며)
시를 쪼으십시오.

* 재불 화가 김인중 신부님 풀꽃문학관 방문하고 가시면서.

여고생의 부탁

괜찮다는 말은 이제
너무 많이 들어서
괜찮지가 않습니다

당신이 나의
괜찮음의 존재가
되어주십시오

나도 당신의
괜찮음의 존재가
되어드리겠습니다.

독자로부터

시보다 사람이
많이 늙었네요.

내 마음*

뭘 보고 있니?
내가 많이 부끄럽구나.

*네 살 번서아 어린이의 그림 앞에서.

역사

망하지 않은 나라 없고
죽지 않는 사람 없다.

시인 박노해

산을 넘어서 또 산
강을 건너서 또 강

기어코 만나야 할 사람
박노해
한 번도 만난 일 없지만
만나야 할 시인 박노해

자신의 과거를 팔아 미래를
부유하게 살지 않겠다며
정부에서 준 보상금을 과감하게
반납한 사람!

이 시대 오직
솔직하고 담백하고 강직한
시인 한 사람
바로 박노해.

아들에게 2

아들아 바람 부는 날 숲을 보아라
숲은 가만히 있고 싶어도
바람이 불어 숲이 몸을 흔들지 않더냐

아들아 바람 부는 날 바다를 보아라
바다는 잠자코 있고 싶어도
바람이 불어와 파도를 일으키지 않더냐

실상 바람은 제 몸이 없다
하지만 숲을 만나고 바다를 만나면
제 몸이 생긴다

바로 그것이다
너도 네 힘만 믿고 억지로 외곬으로
살려 하지 말아라

사람 또한 혼자의 힘만으로는
살 수 없는 거란다
다른 사람의 도움과 숨결을 받아

내가 살고 내가 싱싱해진다는 걸
부디 잊지 말아라

너 또한 누군가의 숲과 바다에
바람이 되어줄 때가 있다는 걸
꼭 기억해다오.

보도블록 위로

보도블록 위로 개미 세 마리
먹이를 물고 죽을 둥 살 둥
제집으로 돌아가고 있다

저벅저벅, 저벅
저편에서 걸어오는
세 사람의 발

신발 하나가 개미 한 마리를 덮쳤다
아이쿠!
다시 신발 하나가 개미 한 마리를 비꼈다
아이쿠! 살았구나
세 번째 신발이 세 번째 개미를 덮쳤다
아이쿠! 이번에는 당했네

하나님 혼자 보시며
마음 태운 날이 있었다.

6부

나도 꽃을 피웠어요!

*

봄이면 풀꽃문학관에 나가 꽃밭을 들여다보곤
한다. 수선화 촉이 조금씩 올라오고 있다. 참,
용하기도 하지. 이 추위 속에 새싹을 내밀다
니. 봄이면 가장 무성하게 자라는 풀은 민들레
와 개망초다. 환영하지도 않는데 문학관 여기
저기에 뿌리를 내리고 잘도 자란다. 나도 꽃을
피웠어요! 손을 들면서 피어난다.

개양귀비

새삼스레
네가 보고 싶었다
너는 개양귀비꽃
양귀비꽃 가운데서도
하얀 양귀비꽃
아편꽃이 아니라
붉은색 양귀비
개양귀비꽃
보면 더욱 보고 싶고
가까이 가면 더욱
가까이 가고 싶지만
정작 가까이 가면
작은 바람에도 하늘하늘
하느적이다가 그만
꽃잎 붉은 꽃잎을
바람에 퍼얼럭
주어버리고 만다.

다시 봄

말로 인사했는데
꽃으로 답하네

화르락, 가슴에
번지는 꽃잎, 꽃잎
붉은 꽃잎.

아가야

아가야 이리 온
뒤뚱뒤뚱
지구 하나가 걸어와요

아가야 웃어봐
방긋방긋
지구 하나가 웃어요

아가야 울지 마
훌쩍훌쩍
지구 하나가 울기 시작해요.

봄의 나무

봄이 와 나무들이
꽃을 피워요
겨우내 시무룩히
두 팔을 들고 벌을 받던
나무들이 좋아라 꽃을 피워요

운동장에 나온 아이들처럼
와와와 소리 지르며 꽃을 피우는 나무들

꽃을 피우자 나무들을 알 것 같아요
나는요 벚나무
나는요 복숭아나무 앵두나무
사과나무 배나무

나무들이 제 이름을 부르면서
꽃을 피워요
꽃들은 나무들의 이름표예요.

그러노라면

이제는 잘하자
사람한테만 잘하는 것이 아니고
강물한테도 잘하고
산한테도 잘하고
바람한테도 잘하자

그러면
그러노라면
강물도 사람에게 잘해주고
산들도 사람에게 잘해주고
바람도 사람에게 잘해줄 것이다

인제는 인사를 하자
사람한테만 인사하지 말고
꽃한테도 나무한테도
하늘한테도 인사하자
안녕 안녕 안녕

그러면

그러노라면
꽃들도 나무들도 사람에게 인사하고
하늘도 사람에게 인사해줄 것이다
안녕 안녕 안녕.

나무가 숲 되어*

나무가 있다
빈 들판에 혼자 외롭게
서 있는 나무가 있다

비 오는 날엔 비를 맞고
눈 오는 날엔 눈을 맞고
바람 부는 날엔 바람에
몸을 흔드는

나무야 나무야
힘들어하지 마라
외로워하지 마라
더구나 슬퍼하지 마라

멀리 가까이
더 많은 나무가 있다
맨몸으로 비를 맞고
맨몸으로 눈을 맞고
바람에 몸을 흔드는

더 많은 나무가 있다

그래서 드디어 숲
멀리 가까이 우리는 숲
나무야 나무야
힘들어하지 마라
외로워하지 마라
더구나 슬퍼하지 마라.

* 국립정신건강센터장 이영문 님을 위하여.

시인인 까닭*

멀리 마음이 고달픈 사람들 있기에
시인도 있는 겁니다
고달픈 마음 달래주기 위해
시도 있는 겁니다

잘난 척하지 맙시다
똑똑한 척하지 맙시다
더구나 거룩한 척하지 맙시다

시인도 더불어 마음이
고달프고 지치고
때로 마음 아픈 사람 함께
아파하고
함께 지치고 함께 고달프고
함께 힘들기에 시인인 겁니다

나는 오늘 일찍 잠을 자려 합니다
내일 아침 일찍 멀리
마음 고달픈 사람들 만나러

길을 떠나야 하기 때문입니다

몸이 고달파도 길을 떠나야 하는 것,
그것이 바로 내가 오늘도
시인인 까닭입니다.

* 마음 멀리 고달프시고요? 그렇다면 몸이 고달파도 멀다 하지 말
고 찾아가야겠지요. 찾아가 만나서 웃고 이야기하고 고달픈 마
음을 덜어드려야 하겠지요. 그것이 바로 시인인 까닭, 시인이
시인인 이유이고, 시가 시인 이유. 그러다 보면 고달픈 마음이
덜어지고 세상도 조금씩 밝아질 거예요.

아침 카톡 1

너는 사랑이 무엇인가를
정말로 아는 사람

다음에 만나면
네 예쁜 꽃잎보다는
네 작은 눈을 더 오래
지켜보아 주어야겠다

눈물이 고일 때까지
눈물이 고여
볼 위로 흐를 때까지.

아침 카톡 2

어쩜 그럴 수 있을까
넘치지도 않고
부족하지도 않은 사람
다만 안으로 살아서
곱게 숨 쉴 뿐인
조그만 호수가 하나.

어린 언니

어린 사람인데
쳐다보는 눈빛이 언제나
살가워

어린 사람인데
건네는 말씨가 언제나
다정해

네가 언니 같다

이래라 저래라
이랬으면 좋겠다
저랬으면 좋겠다

그래, 니가 언니 해라.

내비 언니

※

다섯 살 남자애기
아빠가 운전하는
자동차 타고 다니다가
내비게이션에서 흘러나오는
젊고도 친절한 여자
목소리 듣고는
엄마, 저 누나 어디 살아?
나, 저 누나 만나고 싶어
말했다 그런다.

*

애기야
이 할아버지도 때로는
그 언니
만나보고 싶을 때가 있었단다.

먼빛

언덕 위에 양옥집
해가 뜨면
제일 먼저 햇빛 비쳐
이슬 속에 빛나고

날 저물면
서산에 지는 해
노을 속에 잠기는 집

그 집에 사는 갈래머리
외동딸

아침마다 이슬을 안고
그 집에서 나오고
저녁이면 노을을 등지고
그 집으로 돌아가는 아이

먼빛으로만 보아
얼굴이 생각나지 않는 그 아이

오늘은 그냥
이슬이라고 노을이라고만
부릅니다.

짧은 만남

만남이 너무 짧았다
헤어지는 순간
손을 잡고 잘 가라 머리를
쓰다듬어주고
햇빛 부신 넓은 마당을 가로질러
네가 마당 끝 갈 때까지
지켜보고 있었다
마당 끝 모퉁이
너의 모습이 사라지려 그럴 때
다급한 목소리로 너의 이름을 불렀지
내내 돌아보지 않고 가던 네가
화들짝 돌아서며
머리 위로 두 팔을 올려
하트 모양을 만들어 보여주었지
짧은 만남이 결코 짧지 않았다.

강아지풀

유리창 너머
빗줄기가 지나가는 것을
바라보는 사이
디딤돌로 햇살이 건너가는 것을
또 지켜보는 사이

꽃나무 뒤에 숨어 강아지풀
고것이 어느새 자라
복실 강아지 꼬리를 흔들고 있었다

나는 풀이 아니에요
나는 강아지 꼬리예요
그래 알았다 알았어
그만 꼬리를 흔들지 마라
너한테만은 즐겁게 속아주마.

쪽잠

현실보다 더 어지럽게
현실보다 더 안타깝게
현실보다 더 억울하게
그러면서도 아득하게

꿈이었으니 다행
늙었으니 더욱 다행.

꿈길

가슴 벅차다
풀들이 웃는다

이 길로
끝없이 가보자

바람의 얼굴을
만날 때까지.

비몽사몽

슬픔도 쌓이고 쌓이면 숲이 된다
외로움도 쌓이고 쌓이면 숲이 된다
숲이여 숲이여
나를 좀 감싸 안아다오.

큰일

사랑은 마약

다만 적당한 시기에
중독이 풀리기를 바랄 뿐

그런데 너는 중독에서
아주 풀리고 싶지 않다고?

그것참 큰일 아니냐.

구름이 시키는 일

구름
키가 큰 구름
소낙비 지나고
높고 푸른 하늘
비로소 매미
따르르 첫울음 울고

하늘 높이 솟은 구름
키가 큰 구름 보면
나는 왜
고향이 그리운 거냐
가까이 집이 있어도 왜
갑자기 집으로
돌아가고 싶은 거냐

이거야말로
구름이 시켜서
일어나는 마음
구름이 시키는 일

몇십 년 전 처음

프랑스 파리에 갔을 때

파리 하늘 센 강물 위로

높이 솟은 구름 보며 문득

집에 돌아가고 싶어

혼자서 애태운 일 생각난다.

애기 발

자박자박 애기 발
보드랍고 여린
애기 발이었는데

안쓰러워라
어느새 어른 발
발바닥에
굳은살도 박히고

그래도 그 발로
근심 없는 세상
자박자박
걸으면서 살아라

애기처럼
두리번두리번 세상
구경하면서 가거라.

그래, 네 생각만 할게

초판 1쇄 발행일 2024년 4월 25일
초판 2쇄 발행일 2024년 7월 7일

지은이 나태주

발행인 조윤성

편집 최솔 **디자인** studio O-H-! **마케팅** 김진규
발행처 ㈜SIGONGSA **주소** 서울시 성동구 광나루로 172 린하우스 4층(04791)
대표전화 02-3486-6877 **팩스(주문)** 02-585-1755
홈페이지 www.sigongsa.com / www.sigongjunior.com

글 ⓒ 나태주, 2024 | 그림 ⓒ Jorm Sangsorn

ISBN 979-11-7125-335-7 (03810)

*SIGONGSA는 시공간을 넘는 무한한 콘텐츠 세상을 만듭니다.
*SIGONGSA는 더 나은 내일을 함께 만들 여러분의 소중한 의견을 기다립니다.
*잘못 만들어진 책은 구입하신 곳에서 바꾸어 드립니다.

WEPUB 원스톱 출판 투고 플랫폼 '위펍' __wepub.kr

위펍은 다양한 콘텐츠 발굴과 확장의 기회를 높여주는
SIGONGSA의 출판IP 투고·매칭 플랫폼입니다.